CB023264

A lenda do santo beberrão

JOSEPH ROTH

A lenda do santo beberrão

Tradução
Mário Frungillo

Título original: *Die Legende vom heiligen Trinker*

Preparação e revisão	Paula Nogueira e Fábio Fujita
Composição e capa	Miguel Simon
Editor assistente	Fábio Bonillo
Imagem de capa	© Album/ akg-images/ Jules Dortes/ Latinstock
Foto do autor	Coleção Senta Lughofer, Linz © Arquivo de Arte e História, Berlim
Editores	Angel Bojadsen e Edilberto F. Verza

CIP-BRASIL. CATALOGAÇÃO NA PUBLICAÇÃO
SINDICATO NACIONAL DOS EDITORES DE LIVROS, RJ

R754L

Roth, Joseph, 1894-1939
A lenda do santo beberrão / Joseph Roth ; tradução Mário Frungillo. - 1. ed. - São Paulo : Estação Liberdade, 2013.
80 p. : il. ; 21 cm.

Tradução de: Die Legende vom heiligen Trinker
ISBN 978-85-7448-228-6

1. Romance austríaco. I. Frungillo, Mário. II. Título.

13-03963 CDD: 833
CDU: 821.112.2-3

Editora Estação Liberdade Ltda.
Rua Dona Elisa, 116 | 01155-030 | São Paulo – SP
Tel.: (11) 3661-2881 | Fax: (11) 3825-4239
www.estacaoliberdade.com.br

I

Numa noite de primavera do ano de 1934, um cavalheiro de idade madura descia os degraus de pedra que levam de uma das pontes do Sena para as suas margens. Ali, como quase todo mundo sabe, mas merece ser relembrado nesta ocasião, costumam dormir, ou melhor dizendo, acampar os sem-teto de Paris.

Casualmente, um desses sem-teto vinha em direção ao cavalheiro de idade madura, que aliás estava bem-vestido e tinha a aparência de um viajante desejoso de contemplar as atrações turísticas de cidades estrangeiras. O sem-teto tinha a mesma aparência andrajosa e deplorável de todos os seus companheiros de vida, mas ao bem-vestido cavalheiro de idade madura ele pareceu merecedor de uma atenção especial; por que, não o sabemos.

Como dissemos, já era noite, e sob as pontes, às margens do rio, a escuridão era mais intensa do que no ancoradouro e nas pontes acima delas. O homem sem-teto e ostensivamente andrajoso cambaleava um pouco. Não dava mostras de ter notado o cavalheiro mais velho e bem-vestido. Mas este, que não cambaleava nem um pouco, ao contrário, caminhava a passos seguros e retos, havia evidentemente notado desde longe o homem que cambaleava. O cavalheiro de idade madura simplesmente interceptou o caminho do homem andrajoso. Eles se detiveram um diante do outro.

— Para onde está indo, irmão? — perguntou o cavalheiro mais velho e bem-vestido.

O outro ficou a olhá-lo por um momento, e então disse:

— Eu não sabia que tinha um irmão, e não sei para onde me leva meu caminho.

— Eu tentarei lhe mostrar o caminho — disse o cavalheiro. — Mas, por favor, não me leve a mal se lhe pedir um favor fora do comum.

— Estou ao seu inteiro dispor — respondeu o homem andrajoso.

— Posso ver claramente que o senhor comete alguns erros. Mas Deus o pôs em meu caminho. O senhor certamente precisa de dinheiro, não se ofenda com o que eu digo! Eu tenho demais. Não quer me dizer sinceramente de quanto precisa? Pelo menos por agora?

O outro refletiu por alguns segundos, e então disse:

— Vinte francos.

— Isso com certeza é muito pouco — replicou o cavalheiro. — O senhor seguramente precisa de duzentos.

O homem andrajoso recuou um passo e parecia a ponto de cair, mas permaneceu em pé, embora cambaleando. Então disse:

— Claro que prefiro duzentos francos a vinte, mas sou um homem honrado. O senhor parece me julgar mal. Não posso aceitar o dinheiro que está me oferecendo, e isso pelos seguintes motivos: primeiro, por que não tenho o prazer de conhecê-lo; segundo, por que não sei como poderia pagar-lhe; terceiro, por que o senhor não teria a possibilidade de cobrar-me. Pois eu não tenho endereço fixo. A cada dia moro embaixo de uma ponte diferente deste rio. E, no entanto, conforme já afirmei, sou um homem honrado, embora não tenha endereço fixo.

— Também eu não tenho um endereço fixo — respondeu o cavalheiro de idade madura —, também eu moro a cada dia embaixo de uma ponte diferente, e mesmo assim eu lhe peço que aceite amigavelmente os duzentos francos — aliás, uma soma ridícula para um homem como o senhor. No que se refere à devolução do dinheiro, eu teria que recuar muito no tempo a fim de lhe explicar o motivo por que não posso indicar-lhe um banco no qual o senhor poderia depositá-lo para mim. Ocorre que, depois de ler a história de Santa Teresinha do Menino Jesus, eu me tornei cristão.

E agora tenho especial veneração por aquela pequena estátua da santa que se encontra na capela de Sainte Marie des Batignolles, e que o senhor poderá ver sem dificuldade. Portanto, assim que dispuser dos míseros duzentos francos e sua consciência o obrigar a não continuar devedor dessa soma ridícula, vá por favor a Sainte Marie des Batignolles e entregue esse dinheiro nas mãos do sacerdote que tiver acabado de rezar a missa. Se deve algo a alguém, é a Santa Teresinha. Mas não se esqueça: na capela de Sainte Marie des Batignolles.

— Estou vendo — disse o homem andrajoso — que o senhor me compreendeu perfeitamente, e à minha honradez. Dou-lhe minha palavra de que manterei o acordo. Mas só posso ir à missa no domingo.

— No domingo, por favor — disse o cavalheiro mais velho. Ele retirou duzentos francos de sua carteira, deu-os ao homem cambaleante e disse: — Fico-lhe muito grato!

— Foi um prazer — respondeu-lhe este, e logo desapareceu na escuridão profunda.

Pois lá embaixo a noite se fizera mais escura, enquanto lá em cima, sobre a ponte e nos ancoradouros, as luzes prateadas dos postes se acendiam anunciando a alegre noite de Paris.

II

Também o cavalheiro bem-vestido desapareceu nas trevas. Fora-lhe de fato concedido o milagre da conversão. E ele decidira viver a vida dos miseráveis. E por isso morava embaixo da ponte.

Mas o outro, por sua vez, era um beberrão, um verdadeiro pau-d'água. Chamava-se Andreas. E vivia de acasos, como tantos beberrões. Ia longe o tempo em que possuíra duzentos francos. E talvez por isso, porque ia tão longe esse tempo, ele tirou do bolso um pedacinho de papel e o toco de um lápis e, à fraca luz de um dos raros postes que havia sob uma das pontes, anotou o endereço de Santa Teresinha e a soma de duzentos francos que devia a ela a partir de agora. Subiu uma das escadas que levavam das margens do Sena aos ancoradouros. Lá, ele sabia, havia um restaurante. E ele entrou e comeu e bebeu fartamente, e gastou muito dinheiro e ainda levou consigo uma garrafa cheia para a noite que, como de costume, pensava passar sob a ponte. Sim, até mesmo pescou um jornal de um cesto de papéis. Não para lê-lo, e sim para se cobrir com ele. Pois jornais aquecem, isso todos os sem-teto sabem.

III

Na manhã seguinte Andreas se levantou mais cedo que de costume, pois dormira melhor que de costume. Depois de refletir longamente, lembrou-se de que no dia anterior lhe acontecera um milagre, um milagre. E pensando que na cálida noite passada, coberto pelos jornais, ele dormira especialmente bem, como havia muito não dormia, decidiu também se lavar, como durante muitos meses não fizera, enquanto durara a estação mais fria. Mas antes de tirar as roupas, apalpou novamente o bolso interior esquerdo de seu paletó onde, segundo se recordava, deviam estar os restos palpáveis do milagre. Então procurou um lugar especialmente afastado na barranca do Sena para lavar pelo menos o rosto e o pescoço. Mas, como lhe pareceu que em toda parte havia gente, gente pobre como ele (uma gente degradada, como ele mesmo de repente a chamou em silêncio), que poderia observá-lo enquanto se lavava, acabou por desistir de seu propósito e se contentou em mergulhar as mãos na água. A seguir, tornou a vestir o paletó, apalpou novamente a cédula no bolso interior esquerdo e sentiu-se completamente limpo e quase que transformado.

Foi viver o seu dia, um de seus dias, que desde tempos imemoriais se acostumara a desperdiçar, e decidiu ir também hoje à Rue des Quatre Vents, onde se localizava o restaurante armênio-russo Tari-Bari, e onde ele gastava com bebidas ordinárias o parco dinheiro que lhe propiciava o acaso diário.

Deteve-se, porém, diante da primeira banca de jornais que encontrou, atraído pelas ilustrações de algumas revistas semanais, mas também tomado pela súbita curiosidade de saber que dia era hoje, qual era a data e qual era o nome desse dia. Comprou, portanto, um jornal, e vendo que era uma quinta-feira e lembrando-se subitamente de ter nascido numa quinta-feira, decidiu, sem olhar a data, considerar *aquela* quinta-feira como seu aniversário. E como já se sentisse tomado pela alegria infantil trazida por um dia de festa, também não hesitou um só instante em se entregar a bons, a nobres propósitos, a não entrar no Tari-Bari, e sim, com o jornal na mão, numa taverna melhor, e tomar um café, embora batizado com rum, e comer um pão com manteiga.

Assim, seguro de si, apesar de suas roupas esfarrapadas, rumou para um bistrô burguês, sentou-se a uma das mesas, ele que havia tanto tempo estava acostumado a simplesmente ficar em pé diante do balcão, ou melhor, a se encostar nele. Sentou-se, portanto. E como se encontrava num lugar defronte do espelho, não pôde deixar de observar seu próprio rosto, e sentiu como se naquele momento novamente travasse conhecimento consigo mesmo. Mas então assustou-se. E soube imediatamente por que, nos últimos anos, temera os espelhos. Pois não era nada bom ver com seus próprios olhos sua própria degradação. E, enquanto não tinha de encará-lo, era como se não tivesse nenhum rosto, ou ainda tivesse o antigo, o que pertencia ao tempo *antes* da degradação.

Mas agora, como dissemos, ele se assustou, especialmente ao comparar sua fisionomia com a dos homens decentes que estavam sentados a seu redor. Oito dias antes ele deixara que um daqueles seus companheiros de destino que de vez em quando se prontificavam, em troca de uma pequena soma, a barbear um irmão, lhe fizesse a barba de qualquer jeito, o melhor que pudesse. Mas agora que estava decidido a começar uma nova vida era preciso barbear-se de verdade, definitivamente. E, antes mesmo de pedir qualquer coisa, decidiu ir a um salão de barbeiro.

Dito e feito — foi a um salão de barbeiro.

Quando retornou à taverna, o lugar no qual se sentara anteriormente estava ocupado e, assim, só de longe pôde olhar-se no espelho. Mas foi o suficiente para constatar que estava mudado, rejuvenescido e embelezado. Sim, era como se de seu rosto emanasse um esplendor que tornava insignificantes o mau estado de suas roupas e o peitilho visivelmente puído — e a gravata listrada de vermelho e branco passada em torno do colarinho de bordas gastas.

Pois bem, ele se sentou, o nosso Andreas, e, consciente de sua renovação, pediu, com a voz segura que tivera um dia e agora parecia retornar feito uma velha amiga querida, *un café, arrosé rhum*. Serviram-no, segundo lhe pareceu, com todo o devido respeito que os garçons costumam demonstrar pelos hóspedes ilustres. Isso lisonjeou extraordinariamente o nosso Andreas, e também o edificou e confirmou-lhe a suposição de que hoje era o dia de seu aniversário.

Um cavalheiro que estava sentado sozinho na vizinhança do sem-teto, depois de observá-lo por um longo tempo, dirigiu-se a ele e disse:

— O senhor quer ganhar dinheiro? Pode trabalhar para mim. É que amanhã farei minha mudança. O senhor poderia ajudar minha mulher e os carregadores de móveis. O senhor me parece ser bastante forte. Não pode? Não quer?

— Claro que sim — respondeu Andreas.

— E quanto cobra — perguntou o cavalheiro — por um trabalho de dois dias? Amanhã e sábado? Pois fique sabendo que eu tenho uma casa muito grande, e me mudarei para outra ainda maior. E também tenho muita mobília. E tenho muito que fazer em meu negócio.

— Claro, tenho todo interesse — disse o sem-teto.

— O senhor bebe? — perguntou o cavalheiro.

E pediu dois Pernods, e ambos brindaram, o cavalheiro e Andreas, e combinaram o preço: seriam duzentos francos.

— Bebemos mais um? — perguntou o cavalheiro, depois de terem esvaziado o primeiro Pernod.

— Mas dessa vez eu pago — disse o sem-teto Andreas. — Pois o senhor não me conhece: eu sou um homem honrado. Um trabalhador honesto. Veja minhas mãos! — E exibiu suas mãos. — Estão sujas, calejadas, mas são mãos de trabalhador honesto.

— Gosto disso! — disse o cavalheiro. Tinha olhos brilhantes, um rosado rosto infantil e, bem no meio dele, um bigodinho negro. Era, no geral, um homem muito amável, e agradou muito a Andreas.

Beberam juntos, portanto, e Andreas pagou a segunda rodada. E quando o cavalheiro de rosto infantil se levantou, Andreas viu que ele era muito gordo. Ele tirou seu cartão de visitas da carteira e escreveu nele seu endereço. A seguir, tirou uma cédula de cem francos da mesma carteira, e entregou-a a Andreas dizendo:

— Para ter a certeza de que o senhor virá amanhã! De manhã cedo, às oito! Não se esqueça! Então receberá o restante! E depois do trabalho beberemos outro *apéritif* juntos. Até logo, caro amigo!

Então o cavalheiro se foi, o gordo de rosto infantil, e nada surpreendeu tanto Andreas quanto ver o homem gordo tirar o cartão de visitas da mesma carteira da qual tirara o dinheiro.

Agora que tinha dinheiro, e com a perspectiva de receber ainda mais, ele decidiu comprar também uma carteira. Com esse objetivo foi à procura de uma loja de artigos de couro. Na primeira que encontrou havia uma jovem vendedora. Ela pareceu-lhe muito bonita ali atrás do balcão, trajando um severo vestido negro de babadorzinho branco no peito, de cabelinhos cacheados e uma pesada pulseira de ouro no punho direito. Tirando o chapéu, ele lhe disse alegremente:

— Estou procurando uma carteira.

A moça deu uma rápida olhada em suas roupas avariadas, mas não havia maldade em seu olhar, estava apenas avaliando o cliente. Pois em sua loja se podiam encontrar carteiras caras, de preços médios, ou muito baratas. Para poupar perguntas supérfluas, ela logo subiu numa escadinha de mão e pegou uma caixa na prateleira mais alta. Ali ficavam guardadas as carteiras que alguns clientes traziam de volta e trocavam por outras. Então Andreas viu que a moça tinha pernas muito bonitas e calçava sapatos baixos muito elegantes, e lembrou-se daqueles tempos meio esquecidos em que ele mesmo havia acariciado pernas como as dela, beijado pés como os dela; mas dos rostos não se lembrava mais, dos rostos das mulheres; com exceção de um único, ou seja, daquele pelo qual estivera na prisão.

Enquanto isso a moça descera da escada, abrira a caixa e ele escolheu uma das carteiras que estavam logo em cima, sem examiná-la mais de perto. Pagou, tornou a pôr o chapéu e sorriu para a moça, e a moça retribuiu o sorriso. Guardou distraidamente a carteira nova, mas deixou o dinheiro de fora. De repente a carteira lhe parecia não fazer sentido algum. Em compensação, a escada, as pernas, os pés da moça não lhe saíam da cabeça. Por isso, tomou a direção de Montmartre, à procura dos locais aonde antigamente ia em busca de prazer. E de fato encontrou, numa ruazinha íngreme e estreita, a taverna onde ficavam as moças. Sentou-se com várias delas a uma mesa, pagou uma rodada e escolheu uma das moças, aquela que estava sentada mais perto dele. Então foi ao quarto dela. E, embora fosse pouco mais que meio-dia, dormiu até o amanhecer — e como os donos do estabelecimento eram bondosos, deixaram-no dormir.

Na manhã seguinte, ou seja, na sexta-feira, ele foi ao trabalho, à casa do cavalheiro gordo. Lá ele devia ajudar a dona da casa a empacotar e, embora os carregadores de móveis já estivessem se desincumbindo de sua tarefa, ainda restava muito trabalho difícil e menos pesado no qual Andreas podia ajudar. Mas no decorrer do dia ele sentiu que a força de seus músculos retornava e se alegrou com o trabalho. Pois ele crescera trabalhando, fora mineiro de carvão como seu pai, e também meio camponês, como seu avô. Ele só gostaria que a dona da casa não o enervasse tanto dando-lhe ordens absurdas e fazendo-o correr de um lado para o outro de um só fôlego, a ponto de ele não saber mais onde estava sua cabeça. Mas ela própria estava nervosa, como ele podia perceber. Também para ela não era fácil mudar-se assim sem mais nem menos, e talvez também ela sentisse medo da casa nova. Estava completamente vestida, de casaco, chapéu e luvas, bolsinha e sombrinha, embora devesse saber que ainda permaneceria naquela casa por um dia e uma noite e também no dia seguinte. De quando em quando tinha de pintar os lábios, o que Andreas entendia perfeitamente. Pois ela era uma dama.

Andreas trabalhou o dia todo. Quando terminou, a dona da casa lhe disse:

— Amanhã esteja aqui às sete em ponto.

Ela tirou um saquinho cheio de moedas de prata de sua bolsinha. Procurou por um longo tempo, escolheu uma moeda de dez francos, mas tornou a deixá-la, e por fim decidiu-se por uma outra de cinco francos.

— Tome uma gorjeta — disse. — Mas — acrescentou — não vá gastar tudo em bebida, e amanhã esteja aqui pontualmente.

Andreas agradeceu, foi embora e gastou toda a gorjeta em bebida, nada além disso. Naquela noite dormiu em um pequeno hotel.

Acordaram-no às seis. E revigorado ele foi para o trabalho.

IV

Assim, na manhã seguinte ele chegou mais cedo que os carregadores de móveis. E do mesmo modo que no dia anterior, a dona da casa estava já toda vestida, de chapéu e luvas, como se não tivesse se deitado para dormir, e lhe disse cordialmente:

— Estou vendo que o senhor seguiu meu conselho ontem e não bebeu todo o dinheiro.

Então Andreas começou o seu trabalho. E também acompanhou a mulher à nova casa para a qual ela estava se mudando e esperou pela chegada do cordial homem gordo, que lhe pagou o que havia prometido.

— Convido-o também a uma bebida — disse o gordo cavalheiro. — Venha.

Mas a dona da casa o impediu, pois colocou-se entre eles, cortou o caminho do marido e disse:

— Já é hora de jantar.

Assim, Andreas se foi sozinho, bebeu sozinho e comeu sozinho e ainda entrou em duas tavernas para beber em pé ao balcão. Bebeu muito, mas não se embebedou e tomou cuidado para não gastar demais, pois, lembrando-se de sua promessa, queria ir no dia seguinte à capela de Sainte Marie des Batignolles pagar pelo menos uma parte de sua dívida com Santa Teresinha. No entanto, bebeu o bastante para não ser mais capaz de encontrar com olhos muito seguros e com o instinto que só a pobreza dá o hotel mais barato das redondezas.

Assim, encontrou um hotel um pouco mais caro, e também pagou antecipadamente, pois trajava roupas esfarrapadas e não tinha bagagem. Mas não deu a menor importância a isso e dormiu tranquilamente, dormiu até o dia clarear. Acordou com o estrondo dos sinos de uma igreja próxima e soube de imediato que dia importante era hoje: domingo; e ele tinha de ir ao encontro de Santa Teresinha pagar sua dívida. Vestiu-se com presteza e encaminhou-se a passos rápidos para a praça onde ficava a capela. Apesar disso, não chegou a tempo para a missa das dez horas, uma torrente de fiéis que acabavam de deixar a igreja vinha ao seu encontro. Perguntou quando começava a próxima missa, e lhe disseram que seria às doze. Sentiu-se um pouco desorientado ali, diante da entrada da capela. Dispunha ainda de uma hora, e não queria de maneira alguma passá-la na rua. Deu uma olhada ao redor em busca de um local onde pudesse esperar confortavelmente e avistou um bistrô localizado do outro lado da rua à direita da capela, para onde se encaminhou, decidido a esperar ali que passasse a hora que lhe restava.

Com a segurança de alguém consciente de ter dinheiro no bolso, pediu um Pernod, e o bebeu também com a segurança de alguém que já bebeu muitos em sua vida. Bebeu ainda um segundo e um terceiro, e a cada vez acrescentava menos água em seu copo. E quando veio mesmo um quarto, ele já não sabia mais se bebera dois, cinco ou seis copos. Também já não se lembrava mais por que estava naquele café e naquelas redondezas. Tudo o que sabia era que tinha um dever a cumprir ali, um dever de honra, e pagou, levantou-se, dirigiu-se, ainda a passos seguros, para a porta, avistou a capela em frente à esquerda e imediatamente recordou-se de onde estava, e por que e para que se encontrava ali. Já ia dando o primeiro passo em direção da capela quando, de repente, ouviu chamarem seu nome.

— Andreas! — disse uma voz, uma voz de mulher. Vinha de tempos remotos. Ele se deteve e virou a cabeça para a direita, de onde tinha vindo a voz. E imediatamente reconheceu o rosto pelo qual estivera na prisão. Era Karoline.

Karoline! É verdade que ela usava chapéu e roupas que ele jamais a vira usar, mas ainda assim era o rosto dela, e assim ele não hesitou em cair em seus braços, que ela imediatamente abrira.

— Que encontro! — disse ela. E era sua voz de fato, a voz de Karoline. — Está sozinho? — ela perguntou.

— Sim — ele disse —, estou sozinho.

— Venha, temos muito que conversar — disse ela.

— Mas, mas — ele respondeu — eu tenho um compromisso.

— Com uma mulher? — ela perguntou.

— Sim — ele respondeu, temeroso.

— Com quem?

— Com a Teresinha — ele respondeu.

— Ela não tem a menor importância — disse Karoline.

Nesse momento passava um táxi, e Karoline o fez parar acenando-lhe com a sombrinha. Imediatamente disse o endereço ao chofer, e antes que Andreas se desse conta ele já estava no carro ao lado de Karoline, e já rodavam, já corriam, como parecia a Andreas, por ruas conhecidas e desconhecidas, sabe Deus em que região!

Chegaram a um local fora da cidade; era verde-claro, de um verde pré-primaveril a paisagem onde pararam, quer dizer, o jardim cujas poucas árvores encobriam um discreto restaurante.

Karoline foi a primeira a descer; com o passo impetuoso que ele já conhecia ela foi a primeira a descer, passando por cima dos joelhos dele. Ela pagou e ele a seguiu. Entraram no restaurante e sentaram-se um ao lado do outro num banco de pelúcia verde, como antigamente, nos velhos tempos, antes da prisão. Ela escolheu o prato, como sempre, e olhou para ele, e ele não ousava olhar para ela.

— Onde você esteve esse tempo todo? — ela perguntou.

— Em toda parte, em parte alguma — ele disse. — Faz só dois dias que voltei a trabalhar. O tempo todo, desde que nos perdemos de vista, eu passei bebendo e dormindo embaixo das pontes, como todos os iguais a mim, e você provavelmente teve uma vida melhor. Com homens — ele acrescentou, depois de algum tempo.

— E você? — ela perguntou. — Enquanto bebia e estava sem trabalho e dormia embaixo das pontes ainda teve tempo e oportunidade de conhecer uma Teresinha. E se eu não chegasse, por puro acaso, você teria mesmo ido ao encontro dela.

Ele não respondeu, ficou calado até terminarem de comer a carne e até que o queijo e a fruta fossem servidos. E quando ele bebeu o último gole de sua taça de vinho foi novamente tomado por aquele medo repentino que sentira tantas vezes muitos anos atrás, na época de sua vida com Karoline. E quis novamente fugir dela, e chamou:

— Garçom, a conta!

Mas ela se interpôs e disse:

— Isso é comigo, garçom!

O garçom, um homem maduro de olhos experimentados, disse:

— O senhor chamou primeiro.

Assim, foi Andreas quem pagou. Ao fazê-lo, tirou todo o dinheiro do bolso interno esquerdo e, depois de pagar, deu-se conta com algum pavor, embora amenizado pelo vinho, que já não possuía a soma completa que devia à santinha. Mas hoje, ele disse consigo em silêncio, aconteceram tantos milagres, que na próxima semana eu com toda certeza ainda conseguirei o dinheiro que estou devendo e o pagarei.

— Quer dizer que você é um homem rico — disse Karoline já na rua. — Está sendo bem tratado por sua Teresinha.

Ele não lhe deu resposta, e assim ela teve a certeza de ter razão. Quis que ele a levasse ao cinema. E ele foi com ela ao cinema. Depois de muito tempo ele voltou a assistir a um filme. Mas depois de tanto tempo sem assistir a nenhum, quase não pôde compreendê-lo e adormeceu apoiado ao ombro de Karoline. Depois eles foram a um local onde se podia dançar, onde tocavam acordeão, mas depois de tanto tempo sem dançar, quando tentou, não conseguiu dançar direito com Karoline. Assim, outros dançarinos a levaram, pois ela ainda era jovem e desejável. Ele ficou sozinho à mesa e voltou a beber Pernod, e sentiu-se como nos velhos tempos, quando Karoline também dançava com outros e ele ficava sozinho na mesa a beber. Por isso, de súbito, ele a arrancou com violência dos braços de um dos dançarinos e disse:

— Vamos para casa!

Agarrou-a pela nuca e não a soltou mais, pagou a conta e foi com ela para casa. Ela morava ali perto.

E então tudo aconteceu como nos velhos tempos, nos tempos antes da prisão.

V

De manhã bem cedo ele acordou. Karoline ainda dormia. Um pássaro solitário cantava diante da janela aberta. Durante algum tempo ele permaneceu deitado de olhos abertos, não mais que alguns minutos. Durante esses poucos minutos ele refletiu. Teve a sensação de que havia muito não lhe aconteciam tantas coisas notáveis como naquela única semana. De repente virou a cabeça e viu Karoline à sua direita. Percebia agora o que no encontro de ontem não notara: ela envelhecera: pálida, inchada, respirando pesadamente, dormia o sono matinal das mulheres envelhecidas. Ele reconheceu a mudança dos tempos que haviam se passado, inclusive para ele. E reconheceu sua própria mudança e decidiu levantar-se imediatamente, sem acordar Karoline, e partir da mesma forma casual ou, melhor dizendo, fatídica, pela qual ambos, Karoline e ele, se haviam encontrado no dia anterior. Vestiu-se furtivamente e partiu, começando um novo dia, um de seus costumeiros novos dias.

Quer dizer, um de seus dias não costumeiros. Pois no momento em que apalpou o bolso esquerdo, no qual costumava guardar o dinheiro que ganhara ou encontrara havia tão pouco tempo, ele se deu conta de que só lhe restavam uma cédula de cinquenta francos e algumas moedas. E ele, que havia tanto tempo já não sabia mais o que significava o dinheiro, e não prestava mais nenhuma atenção ao seu significado, apavorou-se, como normalmente se apavora alguém acostumado a sempre ter dinheiro no bolso quando de repente se vê na embaraçosa situação de ter muito pouco. De súbito, no meio da ruazinha deserta banhada pela luz matinal, ele, que desde meses sem conta não tivera dinheiro algum, teve a impressão de ter-se tornado pobre, pois não sentia mais tantas cédulas no bolso quantas tivera nos últimos dias. E parecia-lhe que o tempo de sua penúria ficara muito, muito para trás, e que ele na verdade gastara irresponsável e levianamente com Karoline a soma que deveria garantir-lhe o padrão de vida ao qual fazia jus.

Então sentiu raiva de Karoline. E de repente ele, que nunca dera valor à posse do dinheiro, começou a apreciar seu valor. Sentiu de repente que a posse de uma cédula de cinquenta francos era ridícula para um homem de tanto valor e que, para obter uma perfeita clareza a respeito do valor de sua própria personalidade, tinha absoluta necessidade de refletir em paz a respeito de si mesmo enquanto bebia um cálice de Pernod.

Procurou então, entre as tavernas mais próximas, a que lhe pareceu mais agradável, sentou-se a uma mesa e pediu um Pernod. Enquanto o bebia, lembrou-se de que vivia em Paris sem visto de permanência, e examinou seus papéis. E constatou que já deveria ter sido expulso, pois viera para a França como mineiro de carvão, e era natural de Olschowice, na Silésia polonesa.

VI

E enquanto espalhava seus papéis meio rotos na mesa diante de si, lembrou-se de ter um dia, muitos anos atrás, vindo para cá porque os jornais anunciavam que na França estavam à procura de mineiros de carvão. E durante toda a vida ele sonhara com um país distante. Trabalhara então nas minas de Quebecque, e morara com seus compatriotas, o casal Schebiec. Ele amava a mulher, e um dia em que o marido tentara matá-la a pancadas ele, Andreas, matara o marido a pancadas. E por isso passara dois anos na prisão.

A mulher era justamente Karoline.

Em tudo isso pensava Andreas enquanto examinava seus papéis vencidos. Então pediu um Pernod, pois se sentia muito infeliz.

Quando finalmente se levantou, sentiu uma espécie de fome, mas apenas aquele tipo de fome peculiar aos beberrões. Trata-se de uma espécie singular de desejo muito passageiro (não por comida), logo saciado se quem o sente pensa em uma determinada bebida que naquele momento parece lhe aprazer.

Havia muito Andreas se esquecera de seu nome de família. Mas agora, depois de ter voltado a examinar seus papéis vencidos, lembrou-se de que seu nome era Kartak: Andreas Kartak. E foi como se redescobrisse a si mesmo depois de muitos anos.

No entanto ele maldisse em certa medida o destino, que não lhe enviava para esse café, como da última vez, um homem gordo de bigodes e cara de criança que lhe oferecesse a possibilidade de ganhar mais dinheiro. Pois não há nada a que as criaturas humanas se acostumem com tanta facilidade como aos milagres quando estes lhes acontecem uma, duas, três vezes. Sim! A natureza humana é feita de tal modo que essas criaturas chegam a ficar enraivecidas se aquilo que uma sorte casual e passageira lhes parece prometer não lhes é concedido ininterruptamente. Assim são as criaturas humanas — e por que deveríamos esperar que com Andreas fosse diferente? Então ele passou o resto do dia em diversas tavernas e já estava conformado com o fim, com o definitivo fim de seu tempo de milagres e com o reinício de seu tempo de outrora. E, decidido a viver aquele lento ocaso para o qual os beberrões sempre estão preparados — os sóbrios jamais saberão o que é isso! —, Andreas retornou para debaixo das pontes, para as margens do Sena.

Dormiu ali, um pouco durante o dia e um pouco durante a noite, como se acostumara a fazer desde um ano atrás, aqui e ali tomando emprestada uma garrafa de aguardente deste ou daquele de seus companheiros de destino — até que chegou a noite de quinta para sexta-feira.

Então, naquela noite, ele sonhou que Teresinha lhe aparecia na figura de uma menina de cachos dourados e lhe dizia: — Por que não veio me ver no domingo passado? — E o semblante da santinha era exatamente o que ele imaginara para sua própria filha muitos anos atrás. E ele não tinha nenhuma filha! E no sonho ele dizia a Teresinha: — Por que fala assim comigo? Esqueceu-se de que sou seu pai? — Ao que a menina respondia: — Perdoe-me, papai, mas faça o favor de vir me ver depois de amanhã, domingo, na capela de Sainte Marie des Batignolles.

Depois dessa noite, da noite em que sonhara este sonho, ele se levantou revigorado como se levantara uma semana atrás, quando lhe aconteceram os milagres, e parecia tomar o sonho por um verdadeiro milagre. Novamente sentiu vontade de se lavar no rio. Mas antes de tirar o paletó para fazê-lo, apalpou o bolso interno esquerdo, com a vaga esperança de poder ainda encontrar ali algum dinheiro do qual talvez não tivesse se dado conta. Apalpou o bolso interno esquerdo de seu paletó e sua mão de fato não encontrou ali qualquer cédula, mas sim aquela carteira que ele comprara alguns dias antes. Tirou-a do bolso. Como era de esperar, tratava-se de uma carteira muito ordinária, já usada, barganhada. Raspa de couro. Couro de boi. Esteve a contemplá-la, pois não se lembrava mais de onde e de quando a comprara. Como isso veio parar em minhas mãos? — perguntou-se. Por fim abriu-a e viu que tinha dois compartimentos. Tomado pela curiosidade, examinou o interior de ambos, e em um deles havia uma cédula. Retirou-a dali; era uma cédula de mil francos.

Guardou os mil francos no bolso da calça e foi para a margem do Sena e, sem se preocupar com seus companheiros de infortúnio, lavou o rosto e até mesmo o pescoço, quase com alegria. Em seguida, tornou a vestir o paletó e foi viver o seu dia, e deu início ao seu dia entrando em uma tabacaria e comprando cigarros.

É bem verdade que não dispunha de dinheiro trocado em quantidade suficiente para pagar os cigarros, mas não sabia quando teria oportunidade de trocar a cédula de mil francos tão miraculosamente encontrada na carteira. Pois já possuía bastante experiência de mundo para saber que havia aos olhos do mundo, pelo menos aos olhos do mundo que ditava as regras, uma significativa contradição entre sua roupa, sua aparência e uma cédula de mil francos. Mesmo assim, com a coragem que lhe dera o novo milagre, decidiu exibir a cédula. Em todo caso, usando ainda de um resto de prudência que lhe restara, diria ao homem no caixa da tabacaria:

— Perdão, se o senhor não puder trocar mil francos

eu lhe pagarei em dinheiro trocado. Mas gostaria de trocar essa nota.

Para espanto de Andreas o homem da tabacaria disse:

— Ao contrário! Eu preciso de uma nota de mil francos, o senhor veio em boa hora.

E o proprietário trocou a cédula de mil francos. Então Andreas permaneceu por algum tempo junto do balcão e bebeu três taças de vinho branco; em certa medida, por gratidão ao destino.

VII

Durante o tempo em que ficou ali diante do balcão, um desenho emoldurado pendurado na parede atrás das costas largas do proprietário do estabelecimento chamou-lhe a atenção, e esse desenho o fez lembrar-se de um antigo colega de escola de Olschowice. Ele perguntou ao proprietário:

— Quem é ele? Acho que o conheço.

Ao ouvirem isso, tanto o proprietário quanto todos os outros clientes que estavam junto do balcão soltaram uma enorme gargalhada. E todos exclamaram:

— Como? Ele não sabe quem é?

Pois se tratava de Kanjak, o grande jogador de futebol de origem silesiana, bem conhecido de todas as pessoas normais. Mas como poderiam conhecê-lo os bêbados que dormiam sob as pontes do Sena, e como o poderia, por exemplo, o nosso Andreas? No entanto, tomado de vergonha, especialmente por ter acabado de trocar uma nota de mil francos, Andreas disse:

— Oh, claro que o conheço, sou até amigo dele. É que o desenho me pareceu malfeito.

Então, para que ninguém fizesse mais perguntas, ele apressou-se em pagar e saiu.

Agora sentia fome. Procurou, portanto, o restaurante mais próximo e comeu e bebeu vinho tinto e, depois do queijo, tomou um café, e decidiu passar a tarde num cinema. Ainda não sabia em qual. Por isso, com a consciência de possuir naquele momento tanto dinheiro quanto qualquer um dos homens abastados que vinham ao seu encontro na rua, rumou para os grandes *boulevards*. Entre a Ópera e o Boulevard des Capucines, procurou por algum filme capaz de agradá-lo, e por fim o encontrou. O cartaz do filme mostrava um homem que visivelmente pensava em morrer numa aventura remota. Ele se arrastava, como se via no cartaz, por um deserto inclemente, castigado pelo sol. Andreas entrou no cinema. Assistiu ao filme sobre o homem que atravessava o deserto castigado pelo sol. E Andreas já estava começando a achar simpático o herói do filme, a sentir uma afinidade com ele quando, de repente, o filme deu uma inesperada reviravolta feliz e o homem do deserto foi salvo e levado de volta ao seio da civilização europeia por uma caravana científica que cruzou seu caminho. Então Andreas perdeu toda a simpatia pelo herói do filme. E já ia se levantando quando aquele seu colega de escola, cujo retrato ele estivera a observar por um momento diante do balcão, por trás das costas do proprietário da taverna, apareceu na tela. Era Kanjak, o grande jogador de futebol. E Andreas se lembrou de que vinte anos atrás se sentara com Kanjak no mesmo banco da escola, e decidiu se informar logo no dia seguinte se seu antigo colega de escola se encontrava em Paris.

Pois ele, o nosso Andreas, tinha nada menos que 980 francos no bolso.

E isso não é pouco.

VIII

Antes de sair do cinema, porém, ocorreu-lhe não ser de modo algum necessário esperar até a manhã seguinte para descobrir o endereço de seu amigo e colega de escola; especialmente tendo em vista a grande soma de dinheiro que levava no bolso.

Agora, tendo em vista o dinheiro que lhe restava, ele se tornara tão corajoso que decidiu se informar na bilheteria sobre o endereço de seu amigo, do famoso jogador de futebol Kanjak. Pensou que, para isso, teria de perguntar pessoalmente ao gerente do cinema. Mas não! Quem era tão conhecido em Paris quanto o jogador de futebol Kanjak? O próprio porteiro sabia o endereço dele. Estava hospedado num hotel nos Champs-Élysées. O porteiro também lhe disse o nome do hotel; e o nosso Andreas rumou imediatamente para lá.

Era um hotel distinto, pequeno, tranquilo, exatamente um daqueles hotéis em que os jogadores de futebol, os boxeadores, a elite de nossa época, costumam se hospedar. Andreas sentiu-se um pouco estranho no vestíbulo, e também os empregados do hotel o acharam um pouco estranho. Mesmo assim disseram-lhe que o famoso jogador de futebol Kanjak estava no prédio e a qualquer momento poderia aparecer no vestíbulo.

Passados alguns minutos ele de fato desceu, e ambos se reconheceram imediatamente. E ali mesmo, em pé, trocaram algumas lembranças da velha escola, e depois foram jantar juntos, e uma grande alegria reinava entre os dois. Foram jantar juntos e, em consequência disso, o famoso jogador de futebol perguntou ao seu decaído amigo:

— Por que você está tão decaído, que trapos são esses que está vestindo?

— Seria terrível — disse Andreas — ter de contar como tudo isso aconteceu. E perturbaria imensamente a alegria de nosso feliz encontro. É preferível não dizer uma palavra a respeito. Vamos falar de coisas mais alegres.

— Eu tenho vários ternos — disse o famoso jogador de futebol Kanjak. — E ficarei feliz em dar-lhe algum deles. Você foi meu companheiro de banco na escola, e deixou que eu colasse de você. Que é um terno para mim? Para onde devo enviá-lo?

— Não pode fazê-lo — respondeu Andreas —, pelo simples motivo de que eu não tenho endereço fixo. Faz algum tempo já que moro embaixo das pontes do Sena.

— Nesse caso — disse o jogador de futebol Kanjak —, eu alugarei um quarto para você, só para poder enviar-lhe um terno. Vamos!

Depois que terminaram de comer eles saíram, e o jogador de futebol Kanjak alugou um quarto para Andreas; o quarto custava 25 francos por dia e estava localizado perto da grandiosa igreja de Paris conhecida pelo nome de “Madeleine”.

IX

O quarto ficava no quinto andar, e Andreas e o jogador de futebol tiveram de tomar o elevador. É claro que Andreas não tinha bagagem. Mas nem o porteiro nem o ascensorista nem qualquer um dos outros empregados do hotel estranhou o fato. Pois se tratava simplesmente de um milagre, e no âmbito de um milagre não há nada de estranho. Quando chegaram ao quarto lá em cima, o jogador de futebol Kanjak disse ao seu companheiro de banco escolar Andreas:

— Você deve estar precisando de um sabonete.

— Gente como eu — respondeu Andreas — pode passar sem sabonete. Penso em ficar aqui oito dias sem sabonete, e apesar disso vou me lavar. Mas gostaria que, em honra desse quarto, pedíssemos algo para beber agora mesmo.

E o jogador de futebol pediu uma garrafa de conhaque. Os dois beberam até a última gota. Então saíram do quarto, tomaram um táxi e foram a Montmartre, para aquele café onde ficavam as pequenas e onde Andreas estivera poucos dias antes. Depois de estarem sentados ali por duas horas e trocarem lembranças do tempo da escola, o jogador de futebol levou Andreas para casa, quer dizer, para o quarto de hotel que alugara para ele, e lhe disse:

— Agora já é tarde. Vou deixá-lo sozinho. Amanhã lhe enviarei dois ternos. E — precisa de dinheiro?

— Não — disse Andreas —, eu tenho novecentos e oitenta francos, e isso não é pouco. Vá para casa.

— Voltarei em dois ou três dias — disse seu amigo, o jogador de futebol.

X

O quarto de hotel em que Andreas morava agora era o número 89. Assim que se viu sozinho naquele quarto, ele sentou-se na confortável poltrona coberta de gorgorão rosa e se pôs a olhar ao redor. A primeira coisa que viu foi o papel de parede vermelho sedoso, salpicado de cabeças de papagaio de um suave dourado, três botões de marfim nas paredes, junto do batente da porta à direita, e ao lado da cama o criado-mudo e, em cima dele, um abajur de cúpula verde-escuro e, além disso tudo, uma porta de maçaneta branca, atrás da qual parecia se esconder algo de misterioso, ao menos misterioso para Andreas. Havia também próximo à cama um telefone preto, instalado de forma a permitir a quem estivesse deitado na cama alcançar com facilidade o fone com a mão direita.

Andreas, depois de ter examinado detidamente o quarto, e com a intenção de se familiarizar com ele, foi tomado de súbita curiosidade. Pois a porta de maçaneta branca o incomodava e, apesar de sentir medo, e embora desacostumado a estar em quartos de hotel, levantou-se, decidido a ver para onde dava a porta. Pensava que ela obviamente estaria trancada. Mas qual não foi sua surpresa quando ela se abriu sozinha, quase se antecipando a ele!

Viu então que ali havia um banheiro, com azulejos brilhantes e uma banheira branca cintilante e um vaso, em suma, aquilo que em seu círculo poderia ser chamado de instalações para necessidades imediatas.

Sentiu uma imediata necessidade de tomar banho e abriu as torneiras de água quente e fria. Enquanto se despia para entrar na banheira, lamentou não ter também uma camisa, pois ao tirar a sua constatou que estava muito suja e sentiu um medo antecipado do momento de sair do banho e vestir aquela camisa.

Entrou na banheira, e sabia bem que há muito não se lavava. Banhou-se quase com volúpia, levantou-se, tornou a vestir-se e não sabia o que fazer de si mesmo.

Mais por perplexidade que por curiosidade, abriu a porta do quarto, saiu para o corredor e avistou uma jovem que saía do quarto dela, como ele mesmo acabava de fazer. Teve a impressão de que ela era jovem e bonita. Sim, ela o fazia lembrar-se da vendedora da loja onde comprara a carteira, e também um pouco de Karoline, e por isso ele fez uma leve mesura e a cumprimentou e, como ela lhe respondesse com um movimento de cabeça, ele criou coragem e lhe disse sem rodeios:

— Você é bonita.

— Você também me agrada — ela respondeu —; um momento! Talvez possamos nos ver amanhã.

E desapareceu no breu do corredor. Mas ele, sentindo uma súbita carência de amor, olhou o número da porta atrás da qual ela morava.

E era o número 87. Ele o guardou no fundo do coração.

XI

Voltou para o seu quarto, esperou, espreitou e já estava decidido a não esperar até o dia seguinte para encontrar-se com a bela moça. Pois embora já estivesse convencido pela sequência quase ininterrupta de milagres dos últimos dias de que a graça se derramara sobre ele, justamente por isso acreditava ter direito a uma espécie de soberba, e deduziu que devia, em certa medida por cortesia, se antecipar à graça, sem com isso ofendê-la em nada. Portanto, assim que acreditou ouvir os leves passos da moça do 87, abriu um pouco a porta do quarto e viu que de fato era ela que voltava para o dela. O que ele não notou, porém, por causa de sua inexperiência de muitos anos, foi o fato nada desprezível de que a bela moça também notara sua espionagem. Por isso, às pressas, ela fez, conforme lhe haviam ensinado a profissão e o hábito, uma aparente arrumação em seu quarto e apagou a luz do teto e se deitou na cama e abriu um livro à luz do abajur e começou a ler; mas era um livro que ela já acabara de ler havia muito tempo.

Pouco depois, como já esperava, ouviu baterem timidamente à sua porta e Andreas entrou. Ele ficou parado na soleira, embora já tivesse a certeza de que no instante seguinte seria convidado a se aproximar. Pois a bela jovem não se moveu, nem mesmo pôs de lado o livro, apenas perguntou:

— E o que você deseja?

Andreas, a quem o banho, o sabonete, a poltrona, o papel de parede, as cabeças de papagaio e o terno haviam dado segurança, respondeu:

— Não posso esperar até amanhã, querida.

A moça ficou calada.

Andreas aproximou-se dela, perguntou o que ela estava lendo, e disse com sinceridade:

— Não me interesso por livros.

— Estou aqui apenas temporariamente — disse a moça na cama —, ficarei apenas até domingo. Pois na segunda-feira tenho de voltar a atuar em Cannes.

— Em quê? — Andreas perguntou.

— Eu danço no cassino. Chamo-me Gabby. Nunca ouviu esse nome antes?

— Claro, eu o conheço dos jornais — mentiu Andreas, e queria acrescentar: que uso para me cobrir. Mas evitou fazê-lo.

Sentou-se na beirada da cama, e a bela moça não fez qualquer objeção. Até pôs o livro de lado, e Andreas ficou no quarto 87 até a manhã seguinte.

XII

Na manhã de sábado acordou firmemente decidido a não mais se separar da bela moça até o momento de sua partida. Sim, sentiu mesmo nascer em si a terna ideia de uma viagem com a jovem a Cannes, pois, como todos os pobres, ele tinha a tendência (que se manifesta especialmente nos pobres beberrões) a considerar vultosas as pequenas somas de dinheiro que trazia no bolso. Assim, naquela manhã ele contou novamente seus 980 francos. E como esse dinheiro estivesse em uma carteira, e essa carteira, no bolso de um terno novo, considerou a soma multiplicada por dez. Por isso, não ficou nem um pouco excitado quando, uma hora depois de ele a ter deixado, a bela moça entrou em seu quarto sem bater, e quando ela lhe perguntou como passariam o sábado, antes de sua partida para Cannes, ele disse de improviso:

— Fontainebleau. — Provavelmente ouvira esse nome em algum lugar, meio sonhando. Fosse como fosse, não sabia mais como e por que pronunciara o nome daquele lugar.

Chamaram então um táxi e foram para Fontainebleau, e lá se revelou que a bela moça conhecia um bom restaurante onde se podia comer boa comida e beber boa bebida. E o garçom também a conhecia e a chamou pelo nome. E se nosso Andreas fosse de natureza ciumenta, talvez tivesse ficado bravo. Mas não era ciumento e, portanto, não ficou bravo. Passaram algum tempo ali a comer e a beber e depois retornaram a Paris, novamente de táxi, e de repente tinham diante de si a esplêndida noite de Paris e não sabiam o que fazer dela, como nunca sabem as pessoas que não pertencem uma à outra e só por acaso se encontraram. A noite se espraiava diante deles como um deserto muito ermo.

E não sabiam mais o que fazer juntos, depois de terem desperdiçado levianamente a experiência essencial que é dada a homens e mulheres. Assim, decidiram-se por aquilo que é reservado às pessoas de nossa época quando não sabem o que fazer, e foram ao cinema. Ficaram sentados ali, e o que havia não era treva, nem escuridão, e mal se poderia mesmo chamar de penumbra. E apertaram-se as mãos, a moça e nosso amigo Andreas. Mas seu aperto de mão era indiferente, e ele próprio sofria com isso. Ele próprio. Então, quando chegou o intervalo, ele decidiu ir com a bela moça ao hall e beber, e os dois foram para lá e beberam. E já não tinham mais o menor interesse pelo filme. Voltaram para o hotel, tomados de um grande constrangimento.

Na manhã seguinte, era domingo, Andreas acordou consciente de seu dever de restituir o dinheiro. Levantou-se mais rápido que no dia anterior, e tão rápido que a bela moça acordou assustada e lhe perguntou:

— Por que tanta pressa, Andreas?

— Tenho de pagar uma dívida — disse Andreas.

— Como? Hoje, domingo? — perguntou a bela moça.

— Sim, hoje, domingo — respondeu Andreas.

— É a uma mulher ou a um homem que você deve o dinheiro?

— A uma mulher — disse Andreas, hesitante.

— Qual é o nome dela?

— Teresinha.

Ao ouvir isso, a bela moça pulou da cama, fechou os punhos e bateu com eles no rosto de Andreas.

E então ele fugiu do quarto e deixou o hotel. E sem olhar em torno, tomou a direção da capela de Sainte Marie des Batignolles, com a firme consciência de que hoje poderia restituir os duzentos francos a Santa Teresinha.

XIII

Mas quis a Providência — ou, como diriam os menos crédulos: o acaso — que Andreas novamente chegasse pouco depois da missa das dez horas. E nada mais natural do que ele avistar o bistrô onde bebera da última vez, e novamente entrar nele.

Pediu então uma bebida. Mas, prudente como era, e como o são todos os pobres deste mundo, mesmo depois de vivenciarem um milagre atrás do outro, ele primeiramente tratou de verificar se de fato tinha dinheiro, e tirou a carteira do bolso. Viu então que dos novecentos e oitenta francos quase nada mais restava.

Só havia ainda duzentos e cinquenta. Ele refletiu e se deu conta de que a bela moça do hotel lhe tomara o dinheiro. Mas o nosso Andreas não deu a mínima importância a isso. Disse para si mesmo que deveria pagar por qualquer prazer, e ele desfrutara de um prazer, portanto tinha de pagar por ele.

Queria esperar ali até que os sinos soassem, os sinos da capela próxima, para então ir à missa e finalmente saldar a dívida com a santinha. Enquanto isso, queria beber, e pediu uma bebida. Bebeu. Os sinos que chamavam para a missa começaram a soar, e ele chamou:

— Garçom, a conta!

Pagou, levantou-se, dirigiu-se à saída e, pouco antes de chegar à porta, trombou com um homem muito alto, de ombros largos. Imediatamente disse o nome dele: — Woitech! — E o homem exclamou ao mesmo tempo: — Andreas! — atiraram-se nos braços um do outro, pois ambos tinham sido mineiros de carvão em Quebecque, tinham trabalhado juntos em uma mina.

— Se quiser me esperar aqui — disse Andreas — só por vinte minutos, só o tempo que durar a missa, nem um minuto a mais!

— Essa não — disse Woitech. — Desde quando você vai à missa? Não suporto os padres, e menos ainda as pessoas que vão atrás dos padres.

— Mas eu vou ver Teresinha — disse Andreas —, eu devo dinheiro a ela.

— Você quer dizer Santa Teresinha? — perguntou Woitech.

— Sim, ela mesma — respondeu Andreas.

— Quanto está devendo a ela? — perguntou Woitech.

— Duzentos francos — disse Andreas.

— Então eu o acompanho! — disse Woitech.

Os sinos continuavam a ressoar. Os dois entraram na igreja e, quando estavam lá dentro e a missa acabara de começar, Woitech sussurrou:

— Dê-me cem francos agora mesmo! Acabo de me lembrar de que estão à minha espera ali em frente, caso contrário irei para a cadeia!

Imediatamente Andreas lhe deu as duas notas de cem francos que ainda tinha e disse:

— Eu irei logo.

E, vendo que não tinha mais dinheiro para pagar a Teresinha, achou também que não havia mais sentido em continuar na missa por mais tempo. Só por decoro ainda esperou mais cinco minutos, e depois foi para o bistrô ali em frente, onde Woitech estava à sua espera.

Desde aquele momento eles eram camaradas, foi o que prometeram um ao outro.

Na verdade Woitech não tinha nenhum amigo a quem devesse dinheiro. Uma das notas de cem francos que Andreas lhe emprestara ele escondeu cuidadosamente no lenço, dando um nó em torno dela. Com os outros cem francos convidou Andreas a beber e beber e beber, e à noite os dois foram para aquela casa onde ficavam as moças disponíveis, onde permaneceram durante três dias. Quando tornaram a sair já era terça-feira e Woitech se separou de Andreas dizendo:

— Nos vemos domingo na mesma hora, no mesmo local e no mesmo lugar.

— Até a vista! — disse Andreas.

— Até a vista! — disse Woitech, e desapareceu.

XIV

Era uma tarde chuvosa de terça-feira, e chovia tão forte que no instante seguinte Woitech efetivamente sumiu de vista. Pelo menos foi o que pareceu a Andreas.

Pareceu-lhe que perdera o amigo na chuva, do mesmo modo como casualmente o encontrara e, não tendo mais que 35 francos no bolso, e crendo-se mimado pelo destino, e seguro dos milagres que ainda haveriam de lhe ocorrer, decidiu, como sempre fazem os pobres e os que costumam beber, confiar-se mais uma vez a Deus, ao único no qual acreditava. Foi então para o Sena e desceu a costumeira escada, a que levava ao lar dos sem-teto.

Ali deu de cara com um homem que se preparava para subir as escadas e que lhe pareceu muito familiar. Por isso, Andreas o cumprimentou afavelmente. Era um cavalheiro um pouco mais velho, de aparência bem-cuidada, que se deteve, examinou Andreas atentamente e por fim perguntou:

— Está precisando de dinheiro, meu senhor?

Pela voz Andreas reconheceu o mesmo cavalheiro que encontrara três semanas atrás. E respondeu:

— Eu me lembro muito bem de que ainda lhe devo dinheiro, eu queria levá-lo a Santa Teresinha. Mas, sabe, aconteceram muitas coisas nesse intervalo. E pela terceira vez eu fui impedido de restituir o dinheiro.

— O senhor está enganado — disse o cavalheiro mais velho e bem-vestido —, eu não tenho a honra de conhecê-lo. O senhor obviamente me confunde com outra pessoa, mas tenho a impressão de que se encontra numa situação difícil. Quanto a Santa Teresinha, a quem acaba de se referir, sinto-me tão ligado a ela do ponto de vista humano que naturalmente estou pronto a providenciar a soma que o senhor lhe deve. De quanto é?

— Duzentos francos — respondeu Andreas —, mas, perdoe-me, o senhor não me conhece! Eu sou um homem honrado, e o senhor não teria como me cobrar. Pois eu posso ter minha honra, mas não tenho endereço. Eu durmo embaixo dessas pontes.

— Ora, isso não tem importância! — disse o cavalheiro. — Eu também costumo dormir ali. E o senhor me fará um favor pelo qual jamais poderei lhe agradecer suficientemente se aceitar meu dinheiro. Pois eu também devo a mesma quantia a Santa Teresinha!

— Neste caso — disse Andreas — estou ao seu dispor.

Ele pegou o dinheiro, esperou por um momento que o cavalheiro terminasse de subir as escadas, subiu em seguida os mesmos degraus e se encaminhou diretamente ao seu velho restaurante da Rue des Quatre Vents, ao restaurante armênio-russo Tari-Bari, onde ficou até a noite de sábado. E então se lembrou de que no dia seguinte era domingo e ele tinha de ir à capela de Sainte Marie des Batignolles.

XV

No Tari-Bari havia muita gente, pois muita gente que não tinha um teto dormia lá, dias a fio, noites a fio, passando o dia diante do balcão e a noite sobre os bancos. Andreas se levantou no domingo bem cedo, não tanto por medo de perder a missa como por medo do proprietário, que lhe poderia exigir o pagamento pela bebida, pela comida e pela hospedagem de todos aqueles dias.

Mas estava enganado, o proprietário se levantara bem mais cedo que ele. Pois o proprietário já o conhecia desde muito tempo e sabia que nosso Andreas tinha a tendência de aproveitar todas as oportunidades para dar um calote. Assim, nosso Andreas teve de pagar uma régia conta pela comida e pela bebida que consumira de terça-feira a domingo, mais ainda do que comera e bebera. Pois o proprietário do Tari-Bari era capaz de identificar quais dos seus clientes sabiam fazer contas e quais não. E o nosso Andreas, como muitos beberrões, era um dos que não sabiam fazer contas. Dessa forma Andreas despendeu uma grande parte do dinheiro que levava consigo, e ainda assim tomou o rumo da capela de Sainte Marie des Batignolles. Mas estava perfeitamente consciente de já não ter mais dinheiro o bastante para pagar tudo o que devia a Santa Teresinha. E tanto quanto pensava em sua pequena credora, pensava também em seu amigo Woitech, com quem marcara um encontro.

E foi assim que chegou aos arredores da capela, e mais uma vez, infelizmente, já passava da hora da missa das dez, mais uma vez uma torrente de fiéis saídos da igreja veio ao seu encontro, e quando tomou o costumeiro caminho do bistrô ouviu chamarem às suas costas e sentiu de repente que uma rude mão lhe pousava no ombro. Quando se voltou, deu de cara com um policial.

O nosso Andreas, que, já sabemos, como tantos de seus semelhantes não tinha documentos, ficou apavorado e levou a mão ao bolso apenas para dar a impressão de que seus documentos estavam em dia. Mas o policial disse:

— Eu já sei o que o senhor está procurando. Mas é inútil procurar aí nesse bolso. O senhor acaba de perder a carteira. Aqui está ela — e acrescentou num tom brincalhão: — é isso que acontece quando já tão cedo no domingo se bebem tantos *apéritifs*.

Andreas apressou-se em pegar a carteira, e quase nem teve a serenidade necessária para levantar o chapéu. Depois, sem perda de tempo, encaminhou-se para o bistrô ali em frente.

Woitech já lá estava, e Andreas não o reconheceu logo à primeira vista, só depois de passado algum tempo. Mas então o cumprimentou ainda mais efusivamente. Os dois não conseguiam parar de se revezar nos convites à bebida que faziam um ao outro e Woitech, cortês como a maioria das pessoas, levantou-se da banqueta e cedeu o lugar de honra a Andreas e, mesmo cambaleando bastante, contornou a mesa, sentou-se numa cadeira de frente para Andreas e lhe disse palavras amáveis. Os dois beberam exclusivamente Pernod.

— Outra vez me aconteceu uma coisa notável — disse Andreas. — Quando estou vindo para o nosso *rendez-vous* um policial me segura pelo ombro e diz: "O senhor perdeu sua carteira." E me entrega uma carteira que não me pertence de modo algum, eu a guardo, e agora finalmente vou ver do que se trata.

Dizendo isso ele tira a carteira do bolso e a examina, e dentro dela estão alguns papéis que não lhe dizem o menor respeito; ele vê que há também dinheiro e quando conta as notas, vê que perfazem exatamente a soma de duzentos francos. Então Andreas diz:

— Está vendo? É um sinal de Deus. Vou agora mesmo à capela e finalmente pago a minha dívida.

— Para isso — respondeu Woitech — você ainda tem tempo. Espere o final da missa. De que te serve a missa? Durante a missa você não poderá pagar. Quando ela terminar, você vai à sacristia. Enquanto isso, vamos beber!

— Claro, como quiser — respondeu Andreas.

Nesse momento a porta se abriu e, enquanto Andreas sentia uma estranha dor no coração e uma grande fraqueza na cabeça, viu que uma mocinha entrava e se sentava na banqueta bem à sua frente. Ela era muito jovem, naquele momento ele acreditou jamais antes ter visto outra mocinha mais jovem, e estava toda vestida de azul-celeste. Ela era azul, de um azul que só o céu pode ter em alguns dias, e só em dias abençoados.

Ele foi ao encontro da menina cambaleando, fez-lhe uma mesura e lhe perguntou:

— O que faz aqui?

— Estou esperando pelos meus pais, que logo vão sair da missa; eles virão me buscar aqui. Fazem isso a cada quatro domingos — disse ela, muito intimidada diante do homem mais velho que lhe dirigira a palavra tão de repente. Sentia um pouco de medo dele.

Então Andreas lhe perguntou:

— Como você se chama?

— Teresinha — disse ela.

— Ah — exclamou Andreas — isso é encantador! Eu jamais pensei que uma santa tão grande, tão pequena, uma credora tão grande e tão pequena me daria a honra de vir à minha procura depois de eu ter passado tanto tempo sem ir vê-la.

— Não entendo o que o senhor quer dizer — disse a pequena senhorita, muito confusa.

— É muita gentileza sua — respondeu Andreas. — É muita gentileza sua, mas eu sei lhe dar o devido valor. Há muito que lhe devo duzentos francos, e não consegui pagar-lhe, santa senhorita!

— O senhor não me deve dinheiro algum, mas eu tenho um pouco na bolsinha, aqui está, tome e vá embora. Pois meus pais não demoram a chegar.

Então ela lhe deu uma nota de cem francos de sua bolsinha.

Woitech viu tudo isso pelo espelho e, levantando-se cambaleante de sua cadeira, pediu dois Pernods, e tentou arrastar nosso Andreas até o balcão, para que ele também bebesse. Mas no momento em que se volta para o balcão, Andreas cai feito um saco, e todo mundo no bistrô se assusta, inclusive Woitech. E mais que todos a menina chamada Teresinha. E como não há nenhum médico e nenhuma farmácia nas vizinhanças, levam-no para a capela, justamente para a sacristia, pois os sacerdotes, afinal, entendem um pouco da morte e de morrer; era o que, apesar de tudo, acreditavam os descrentes garçons; e a senhorita chamada Teresinha não pôde deixar de acompanhá-lo.

Levam, portanto, nosso Andreas para a sacristia e ele, infelizmente, não pode dizer mais nada, faz somente um movimento com a mão, como que para levá-la ao bolso interno esquerdo, onde está o dinheiro que deve à pequena credora, e diz: — Senhorita Teresinha! — dá seu último suspiro e morre.

Que Deus nos dê a nós todos, a nós beberrões, morte tão leve e tão bela!

Josep

h Roth

ESTE LIVRO FOI COMPOSTO EM BOOKMAN OLD STYLE
10,6 POR 16 E IMPRESSO SOBRE PAPEL PÓLEN BOLD 90 g/m²
NAS OFICINAS DA ASSAHI GRÁFICA, SÃO BERNARDO DO
CAMPO - SP, EM SETEMBRO DE 2013